# Bars
## architecture & interiors
# 酒吧
## 建筑和室内设计

# ZITO 迷你建筑设计丛书

这套丛书对近期出现的优秀建筑作品作了一次全面的总结。它将现代流行的商用及居住空间分为10个大类，在结合各类空间特性的基础上，对每一设计详加评述和分析。该丛书不仅涉猎甚广，更真实反映了国际流行的设计思潮，展现了最具诱惑力的设计语言。

1. 休闲场所－建筑和室内设计
2. 酒吧－建筑和室内设计
3. 餐厅－建筑和室内设计
4. 咖啡厅－建筑和室内设计
5. 住宅设计
6. 阁楼
7. 极简主义建筑
8. 办公室
9. 水滨别墅
10. 小型住宅

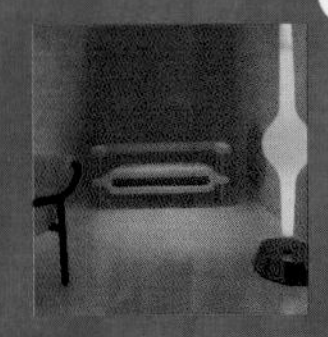

# Bars

## architecture & interiors

# 酒吧

## 建筑和室内设计

## 辛寿司酒吧 /Kosushi

多年前，大批日本人来到巴西圣保罗定居，把亚洲烹饪风味融入巴西的饮食文化之中，出现了很多融合两国饮食风味的餐馆。巴西的“现代化运动”鼓励设计家创造出各式各样具有亚洲审美情趣的设计空间。位于市中心的辛寿司酒吧面临的挑战是如何强调文化的共生现象。它是一家同名餐厅的衍生物，该餐厅历史悠久，在这座城市颇受好评。

**设计：** 阿瑟·德·马托斯·卡萨斯 Arthur de Mattos Casas

**摄影：** ©图卡·雷勒奈斯 Tuca Reinés

**地点：** 巴西 圣保罗

材料、质地和巴、日文化的借鉴融合使得这个具有20世纪50年代特色的空间更显丰富多彩。

## 莲花酒吧 /Lotus

亚洲文化是设计莲花饭店时的参照，甚至它的名字也带有亚洲文化的味道。饭店被描绘为墨尔本式的创新与现代亚洲结合的产物。它通过材料、纹理及色彩的组合，有机而娴熟地将一些西方元素与现代审美观点组合起来，形成协调、温馨的室内环境。简约派的艺术风格表达了严谨而丰富的内容。莲花饭店的内部由威尼·芬奇设计，他同时也是室内装修工程的负责人。该设计的最终效果是将折衷主义与建筑装饰细节融合在一起，凸现出一个舒适宜人的艺术氛围。

**设计：**威尼 · 芬奇 Wayne Finschi

**摄影：**© 仙妮亚 · 舍基迪恩 Shania Shegedyn

**地点：**澳大利亚　墨尔本

石材等天然材料的纹路，与不锈钢、镀铬钢以及玻璃等高科技材料的结合相得益彰。

EXIT

## 阿尔比恩酒吧 /Albion

阿尔比恩饭店位于迈阿密的南部海滩。它与内部的同名酒吧都置身在迈阿密装饰艺术氛围的中心。饭店的外立面还保留着20世纪30年代的原貌，但其内部在1997年经历了一次彻底翻新，营造出全新的现代感觉。饭店和酒吧的设计都出自同一个建筑工作室，建筑师们重新诠释了饭店和酒吧结构中原有的几何线条，以装饰材料的折叠及不同层次表现了巧妙的用心。

**设计：** 伍德与卡洛斯 · 萨帕塔工作室 Wood & Carlos Zapata

**摄影：** ©派珀 · 伊斯考达 Pep Escoda

**地点：** 美国 迈阿密

柱子、天棚以及墙壁等各个类型的建筑元素，都是相互分离的，由此造成的缝隙和明暗，使室内空间更显丰富多彩。

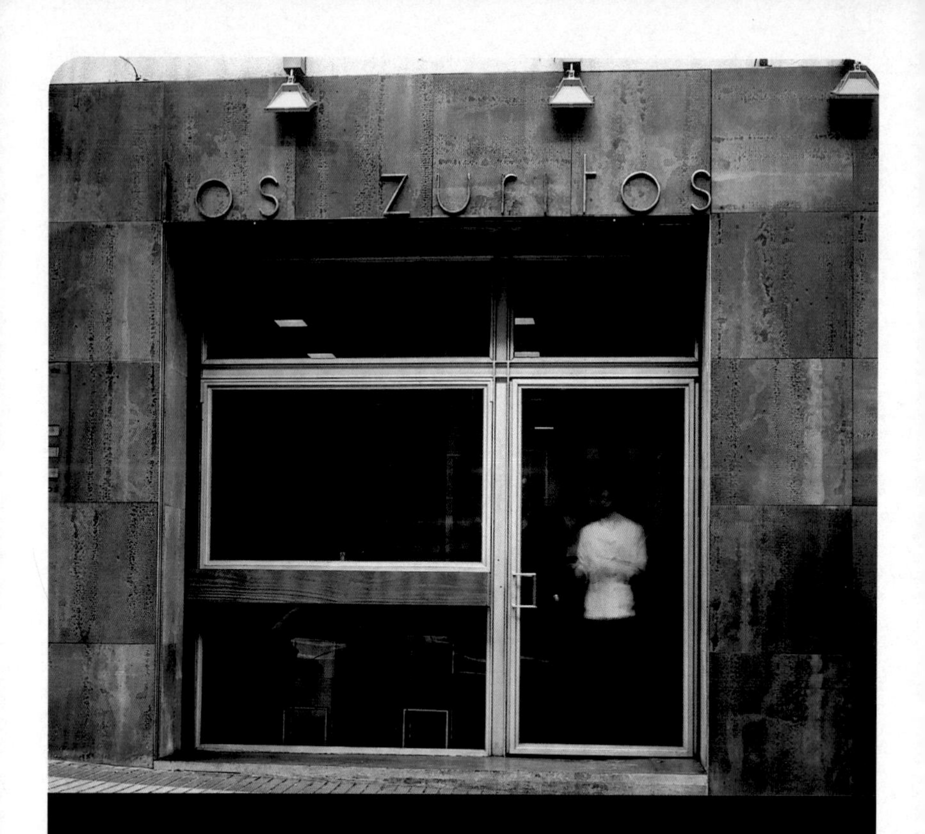


## 洛斯祖里托斯酒吧 /Los Zuritos

西班牙巴斯克地区使用的典型小酒杯——祖里托斯，就是马利亚诺·马丁在为这所位于马德里最繁华街道上的酒吧命名时所得到的灵感。建筑师不得不面对带有一连串问题的空间布局，这种布局将对设计的最终结果造成不良影响：空间有限，在两层楼之间，只有120 平方米的面积分下来；许多承重墙占据了室内面积，光线也不好；预算很少，设计工期也非常短，实际的工程在3个月内完成。

**设计：**马利亚诺·马丁 Mariano Martín

**摄影：**©佩德罗·洛佩兹·卡纳斯 Pedro López Caõas

**地点：**西班牙　马德里



设计方案实际而有效，营造了一个温馨宜人的现代环境。

zuritos

2

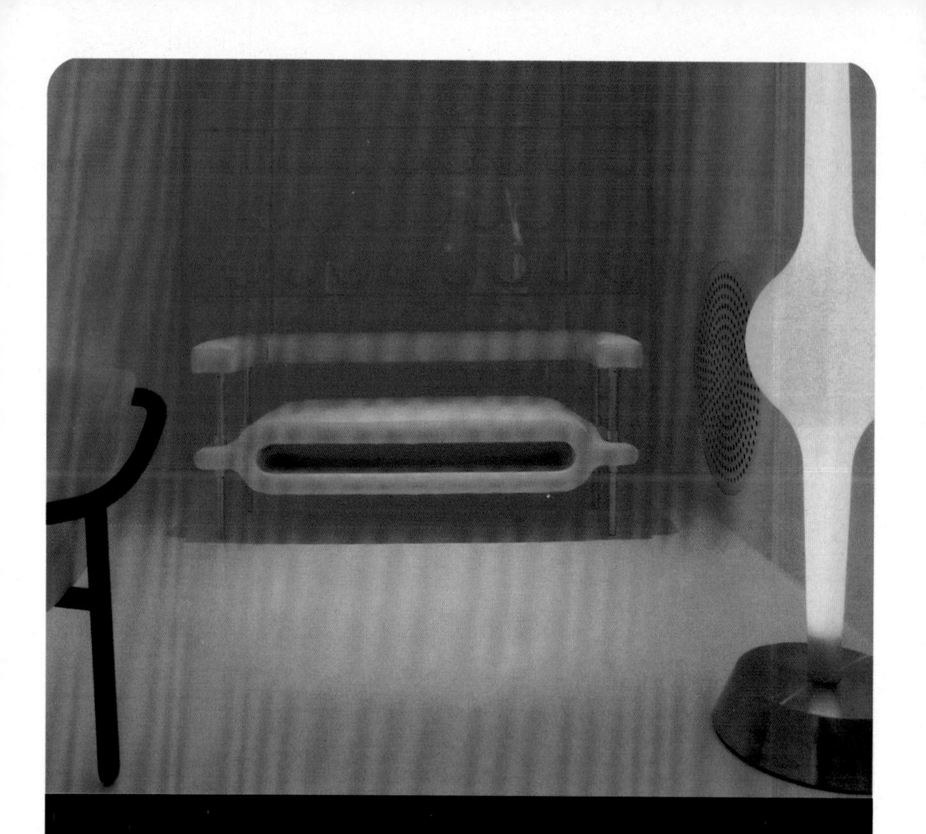

## ⁚ 阿斯特洛酒吧 /Astro Bar

➔ 在改建雷克雅未克一间具有传奇色彩的迪斯科舞厅时，舞厅中的酒吧交给颇具威望的英国著名设计师麦克尔·杨负责。酒吧位于一座建于20世纪初期的建筑之中，改造时受到了严格的限制。麦克尔·杨面临的首要挑战是要定现有构件的几何形状，以便能不打破限制，同时可以创造活泼生动的氛围。他的主要目的就是营造欢乐的气氛，为由4个酒吧及两个舞场组成的舞厅带入热情和活力。麦克尔·杨在设计中借鉴了他一直欣赏的冰岛传统手工艺，温泉区对钢筋混凝土的处理就反映出了这种借鉴。

➔ **设计：** 麦克尔·杨 Michael Young

➔ **摄影：** ©阿里·麦格 Ari Magg

➔ **地点：** 冰岛 雷克雅未克 Reykiavik

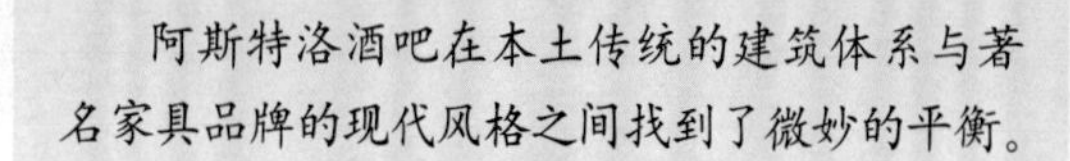

阿斯特洛酒吧在本土传统的建筑体系与著名家具品牌的现代风格之间找到了微妙的平衡。

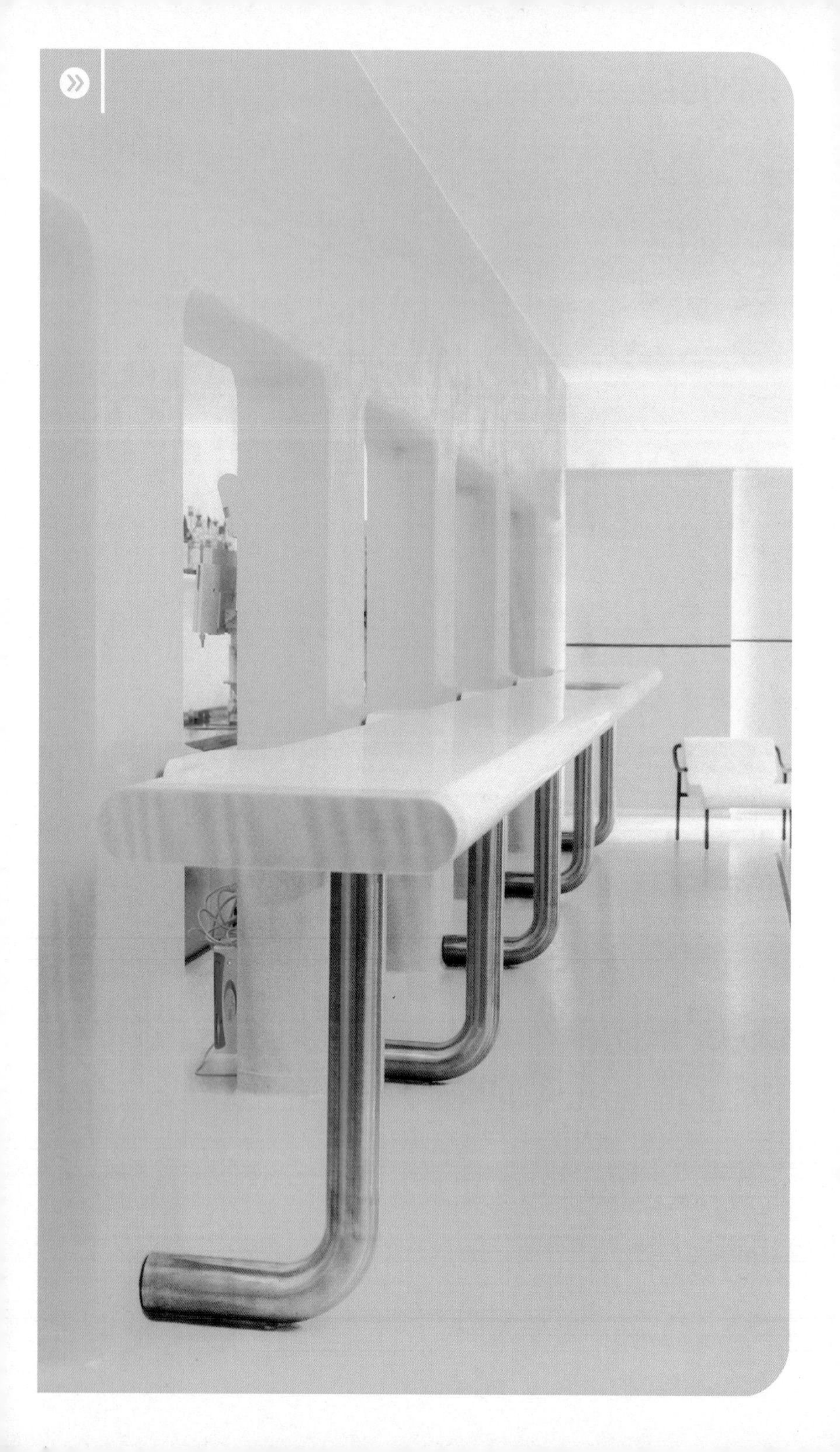

## 格雷德酒吧 /Grade

格雷德酒吧位于根特市中心地带，附属于隔壁的餐厅，两者之间可相互连通。酒吧坐落在该市最大的一座公园前方。设计的第一步是将酒吧和餐厅的3层正立面涂成黑色，形成强烈的视觉效果。既尊重了建筑的原有风格，又达到了突出建筑主体的目的。格雷德酒吧的风格与餐厅一致，是现代时尚与怀旧情绪的一种组合。它浅浅的沙龙文化气息有助于与相邻餐厅建立的整体形象。

**设计：** 雨果 · 范尼斯特
Hugo Vanneste

**摄影：** ©巴特 · 范 · 勒文
Bart Van Leuven

**地点：** 比利时 根特
Gante



着意刺激公众的感官，格雷德酒吧的设计兼具视觉和触觉上的体验。

## 萨斯特里亚酒吧 /La Sastrería

许多年以来，萨斯特里亚一直是为邮局工人做制服的裁缝商店，今天这个位于马德里最嬉皮的楚埃卡地区的酒吧，已经成为设计师的聚集地。这里的室内装饰无疑是全城中最具古老风味的，重修设计也要重点保护这一仅存的裁缝手工业样本。室内设计师托马斯·阿利亚奉行尊重传统的信条，表现出高度的责任心。老店的状态在重修之前相当糟糕，但各种建筑材料的使用以及大量新鲜的元素将会在它的内部形成新的装饰风格。

**设计：**托马斯·阿利亚 Tomás Alía

**摄影：**©安东尼奥·比斯 Antonio Beas

**地点：**西班牙 马德里

男、女侍者的形象（结合了传统的吊起的袖口与现代化的对讲机）以及服务规范体现了这座酒吧的主体格调。

M^lle BELLANGER
La Créatrice des Corsets STELLA
7. Boulevard Haussmann

LA MODA
ELEGANTE

## 西提奥酒吧 /Sitio

西班牙的西提奥酒吧是由以伯纳尔带队的设计小组负责的。它位于历史名城一座建筑的一层，象征着该城的历史发展。从建筑和室内设计的角度来看，改建工程是在现有建筑语言的基础上，恢复一个属于20世纪60年代的经典时空。该项目的使用面积达109平方米，被划分为几个区域，用作沙龙、酒吧间、休息室、贮藏柜和通道。建筑的原有结构几乎没有什么大的改动，惟一改动的是休息室的分配方式，以便使客人们得到更好的休息。

**设计：** 贾威尔·阿尔法罗·伯纳尔 Javier Alfaro Bernal

**摄影：** ©阿方索·珀尔卡兹 Alfonso Perkaz

**地点：** 西班牙 潘普洛纳 Pamplona

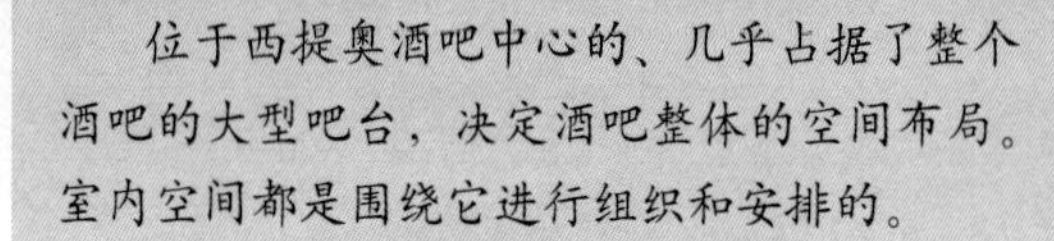

位于西提奥酒吧中心的、几乎占据了整个酒吧的大型吧台，决定酒吧整体的空间布局。室内空间都是围绕它进行组织和安排的。

## 威尔海姆·格里尔咖啡吧/Wilhelm Greil Café

奥地利的历史古城因斯布鲁克有一栋20世纪早期的新巴洛克式别墅，威尔海姆·格里尔咖啡厅就藏身于这座别墅之中。餐厅只有约40平方米大小的空间，但因设施完善，其吸引力丝毫没有降低。在这个略呈方形的小地方，还能在室内一端挤压出更进一步的空间划分。被清晰划分开的两个区域带来了显著的优势，其中之一设为自助餐厅和酒吧，放置了几张桌子，形成细碎的个性空间。另一个小空间更显狭小，作为咖啡厅的卫生间和储藏室，连接着一个五阶楼梯。

**设计：** 迪特律奇·安特里法勒建筑工作室 Dietrich Untertrifaller Architekten

**摄影：** ©伊格纳西·马提尼 Ignacio Martínez

**地点：** 奥地利 因斯布鲁克 Innsbruck

一个闲适、温馨的好去处。这座咖啡吧的用意就是让每个跨进门槛的客人都能高高兴兴地享受一杯浓香的咖啡。

## 桑帕卡可可饮品店/Cacao Sampaka

偏爱可可风味的人们将会发现，抗拒这个位于巴塞罗繁华街道上的温馨小店几乎是不可能的。它是一座提供美味食品的殿堂，经过重新装饰的店面具有简洁的风格。实际上，你在这里可以让自己完全放任于甜品的芳香甜蜜之中。安东尼·阿罗拉奉命实施饮品店的室内设计。他提出了一系列方案，主题是让巧克力遍布商店的每一角落。饮品店的空间形状有些像一个加长的鞋盒，在实际的组织上颇具特色。

**设计：** 安东尼·阿罗拉（艾丝特迪·阿罗拉）
Antoni Arola (Estudi Arola)

**摄影：** ©尤金妮·庞斯
Eugeni Pons

**地点：** 西班牙 巴塞罗那



桑帕卡可可饮品店是一个别致的购物场所，在这里人们可以品尝芬芳美味的巧克力饮品，或者尝试新鲜的口味。

Temptacions
Tentaciones
LA XOCOLATA NO
PROVOCA ADDICCIÓ,
PERÒ QUAN ÉS
REALMENT BONA
DESPERTA PASSIONS
IRREFRENABLES

Rajoles de xocolata
Tabletas de chocolate
Xocolata negra
Chocolate negro
Xocolata negra
Chocolate negro
Xocolata negra
Chocolate negro
Xocolata amb llet
Chocolate con leche
Xocolata amb llet
Chocolate con leche
Xocolata blanca

colata negra
ocolate negro
olata amb llet
olate con leche
olata amb llet
olate con leche
CACAO SAMPAKA
Temptacions
Tentaciones

## 方舟酒吧 /L' Arca

难以抗拒地中海的影响，意大利建筑师安东尼洛·博斯根据它的名字“方舟”的寓意进行这座酒吧（咖啡厅、餐厅）的设计。这是一个富有活力、开放的空间，与大海产生了深刻的联系。酒吧表现为一个理性、几何形式的木质框架，延伸至平静、晶莹剔透的海水之中。它安静地坐落在海上，这片海是拉丁文化的摇篮。经过一系列的设计更改之后，酒吧成为一个备受欢迎的休闲之地。入口处的一座钢雕塑成为它的标志。

**设计：**安东尼洛·博斯
Antonello Boschi

**摄影：**©阿莱桑德罗·钱皮
Alessandro Ciampi

**地点：**意大利　福罗尼卡
Follonica

难以抗拒地中海的影响，意大利建筑师安东尼洛·博斯根据它的名字“方舟”的寓意进行对这座酒吧（咖啡厅、餐厅）了设计。

Women
L'ARCA

## 巴斯塔顿餐饮中心 /Barstarteni

位于哥本哈根繁华地区，巴斯塔顿餐饮中心集咖啡厅、酒吧、餐厅和夜总会于一体。它在概念和装饰方面都显示出斯堪的纳维亚地区的设计准则。它的外观非常醒目，具有明显的功能概念。室内装饰剔除了不必要的装饰元素。巴斯塔顿餐饮中心由自学成才的芬·安徒生设计，能够应付各种大规模综合活动中出现的状况，在空间的组织和分配方面，也显示出安徒生独有的特点。在装饰风格方面，安徒生的突出的简练风格，给顾客留下深刻的印象。

**设计：** 芬·安徒生 Finn Andersen

**摄影：** ©迈兹·汉森 Mads Hansen

**地点：** 丹麦 哥本哈根

安徒生继承丹麦传统，运用功能化的线条和图形，而浅淡的色调柔化了设计中笔直的纸条。

## 格拉斯哥火绒盒咖啡厅/Tinderbox Glasgow

“火绒盒”位于格拉斯哥西区中心的牛栏路，现在是市区的社会活动中心。“火绒盒”过去曾是一家银行的总部，今天它的意义已经不限于咖啡厅以及售卖相关商品的小店。它不仅能够提供最好的咖啡，同时也是一个聚会的场所。你可以在这里听音乐、阅读杂志或者进行其他休闲活动，一切都沉浸在友好热烈的气氛之中。咖啡厅的设计者是罗斯·格雷夫，他确定了令人赏心悦目的设计风格，大多数原始细节都能适应新方案，因而原来家庭般温馨实用的室内风格不会产生剧烈的变化。

**设计：** 罗斯·格雷夫 Ross Graven

**摄影：** ©基思·亨特 Keith Hunter

**地点：** **英国** 格拉斯哥 Glasgow

巨大的方形空间以服务区为核心。建筑和装饰手法带有个性倾向，成就了一个与良伴共享咖啡的休闲场所。

ESPRESSO
CAPPUCCINO
LATTE
MOCHA
OTHER COFFEE

## 胭脂沙龙 /Salon Rouge

胭脂沙龙，又称菲戈酒吧，以其热烈而随和的气氛吸引了众多顾客。它的设计显示出沙龙的独特活力。各种新鲜而强烈的色彩从这一设计中迸发而出，像一场风暴一样冲击着行人的视觉神经。这座沙龙位于澳大利亚墨尔本的弗林德斯巷和米尔区之间。这里在改建前是一家中国餐馆。沙龙的特殊位置和环境对它的设计风格产生了影响。建筑的外立面是由一些矩型大玻璃窗构成的几何形式，透过窗户浏览到胭脂沙龙室内的一大部分。

**设计：** 格兰特·阿蒙 Grant Amon

**摄影：** ©仙妮亚·舍基迪恩 Shania Shegedyn

**地点：** 澳大利亚　墨尔本

装饰细节和纹理的丰富性的巧妙运用，使该沙龙成为公众眼中兼具个性和想像力的休闲环境。

FAEMA
E 61

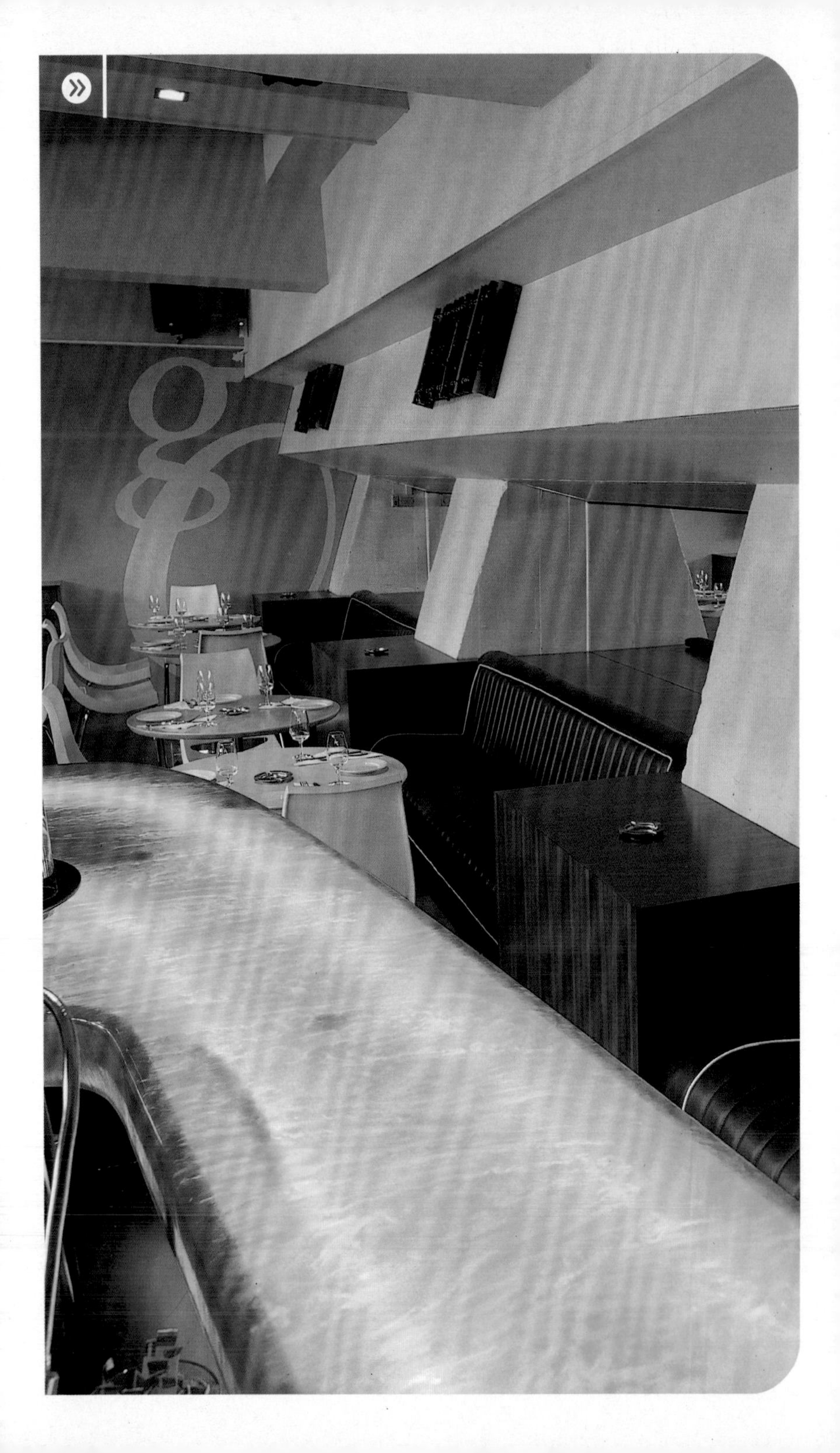

## ZITO 双子座丛书

这套“双子座”建筑艺术丛书极其注重内容上的对比性，揭示了艺术领域中许多对立而又相互依托的有趣现象。它既讨论了建筑界各种设计风格之间的比较，也分析了建筑界与跨领域学科之间的联系与对比。它们全新的视角尤其值得注意，在著名建筑师与画家之间展开了别开生面的比较，以3个部分进行阐述，建筑师和画家各自生平简介以及主要作品的赏析各占一个部分，第三个部分则是对两位艺术家所创作的艺术形象及其艺术理念的比较。每册定价 38 元。

极繁主义建筑设计

极简主义建筑设计

瓦格纳与克里姆特

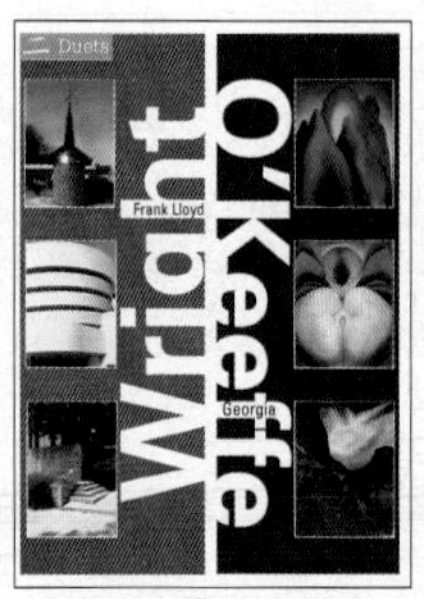


赖特与欧姬芙

米罗与塞尔特

达利与高迪

里特维尔德与蒙特利安

格罗皮乌斯与凯利